ぬかるみのような恋バナをしてみたい

兼本 浩祐

東京図書出版

ぬかるみのような恋バナをしてみたい◇目次

甕《かめ》の中には誰もいないが僕は寂しくはなかった

昔々
僕のおいたちが
大きな甕の中だったということは
以前から母に聞いて知っていましたから
ですからこれはとりたてて告白というわけでもないのです
あの時甕には
きらきらと光る何個もの茄子が浮いていていて
それを取ろうと僕は誘い込まれるように甕に墜落したと記録にはある
どこからどこへ？
それは子宮口から外へと向かう道すがら
それとも子宮口へと戻る道すがら

ともかくもまだ若かった母はくねくねとまがる畑の続く山道を
僕を抱えて一直線に走ったらしい
私はその時にもう息はしていなかった
私は甕の中にいて
そこから出口を見上げている
上から見るときらきらとしていた何個もの茄子は
下から見上げると明確な輪郭を無くしてしまい
外は真夏だから日の光がさんさんと注いでいるに違いないのに
甕の中には誰もいないが
僕は不思議に寂しくはない
まだ水を吐き出す前の胎児のように
もう僕は息をしていないのは当然だとしても
母は僕を抱きかかえて
くねくねとうねる畑の道をまっすぐに突っ切って
鄙びたその畑の道を駆け抜ける

ああそうなんだと
あなたに抱きかかえられている僕を見て私は思う
僕はあなたにすら本当には出会っていなかったのではないかと
反論の余地はない
確かにそれは反論の余地もないことなのだ

私のために傘をさしてください

私のために傘をさしてください
私のために濡れないでください
私のために血を流さないでください
私に触ってください
私に愛を少しだけくださ
それから
洗濯機をまわして
お湯を沸かし
一緒に横になり
子供をつくり
ただ音だけにひかれて

ちょっとタンサツメリとも
呟いてみたりする
私たちは夢のように生きて
ものとして死ぬ
それが私たちというものなのです

私は表在神経だけの生き物になる

朝があける前
それが物語の始まりとしてふさわしいのかを
私はまどろみながら
考えていた
顕微鏡をのぞいてみえる筋肉や血管のように
私の物語にも筋（すじ）があるはずだ
親指と人差し指の間で
プチプチと音を立てて発泡スチロールのように細く
それでも微妙によじれた筋繊維を潰しながら
私はともかくも進んでみる
今に私は表在神経だけの生き物になってしまうのだろう

骨格と言えるものが崩れ果て
女の乳や
尻の肉に
指そのものが同化してしまったような
そんな存在になった時に
ともかくもまどろむといっても
少し頭を低くして眠ろうとすると
分泌物が逆流して
もう苦しくて私は頭を浮かす
ああ私は今は永井荷風になりたい
最晩年の永井荷風のような瘋癲老人になって
私は表在神経だけになり
指だけになり
唇だけになり
筋肉をなくして

小さくなって
そうして女の体の一部になってしまうのだ

ジベルバラ色粃糠疹

梅毒にかかるのは嫌だねと
新聞を読みながら
たまたま新幹線で隣り合わせた男性同士が囁き合っている
医学書に載っている
ジベルバラ色粃糠疹は梅毒ではないけれど
一斉に
薔薇の花が咲くように
あるいは桜前線のように
体を梅毒の毒が横断する
美しい女であれば
それこそジベルという名前にふさわしく

まるで宝塚歌劇のような賑々しさ

傘をささない
濡れる
濡れない
あなたは来る
あなたは来ない
愛はある
愛はない

そんな剝き出しの死を

この不安な朝に
本当はぼくはもう少し眠っていたいだけなのです
昨日もぼくは眠れなかったし
羊を数える代わりに
グルジア語の動詞の活用を唱えていた
確かにぼくはおかげで眠りについたのだけれど
その代償に
途切れ途切れの悪夢を見る
思い出して欲しい
彼女は
サウナから出た途端に

何の脈絡もなく
飼い主のいない犬のように死んだのだ
たぶんたとえば失禁とか
場合によっては脱糞とか
いくつかのそれを伝える徴候は出ていたに違いないのだけれど
頑健なその体が
ドスンと
ニュートンの林檎のように落下する
そんな剝き出しの死を死んでしまうこと
そんな剝き出しの死を死ねること
あるいはそんな剝き出しの死を死なねばならないこと

きっと私は感染する

きっと私は感染する
きっと空気の中にはいろいろなものが混ざっている
マスクを外して
カプチーノを飲むと
隣の人の吐いた無味無臭の空気が
私の肺の空気と混ざり合い
私の肺はそれに合わせて
自動的に腹式呼吸を始め
るるるるるると
音を立て始める
きっと私は感染する

カプチーノからも感染する
トイレのドアノブからも感染する
そして窓々で人々は歌い出す
るるるるるるるる
そう
世界はもう終わるというので

じじいはどこにいるんじゃ

じじいはどこにいるんじゃと
金属バットを持った息子が階段の下で毒づいている
じじいというものは便所に籠るものさと
私は低い声で少しニヒルに呟いてみる
金属バットを私は直接見たわけではないのだから
それはオッカムの直接知というわけではない
だから
あれは
息子ではなくて
与作であってもいいし
与作ではなくて

優斗であってもいいが
私は優斗という名前には違和感があって
違和感とはいっても
優斗には
しょっぱな
うっとなっても
そのうちには味が出てくる青かびチーズのような奥行きはない
それは行き止まり的な平板さで
「じじいはどこにいるんじゃ」と
与平かもしれない
でも一郎かもしれない男
あるいはやはり息子なのではないか　が
壁をばんばんたたきながらわめいている
やっぱり金属バットだというのは思い込みかもしれない
因果律は単なる偶然なのだから

それにはなんの根拠もなく
前に見たことがあるからという偶然だけで
犬のように
連想する機械として
それとこれが結びあわされただけなのだと
もう階段を上る音がするから
「じじいはどこにいるんじゃ」
じじいというものは便所に籠るものなんじゃと
私は怯えながらもかすかに含み笑いをする
金属バットで脳髄は破裂するだろう
一直線に振り下ろせば
なたと同じような機能がきっと金属バットにもあるはずだ
私は今や
塩気のきついロックフォールを
噛んでは含み噛んでは含み

ついには私の身体に揉み込ませたときのように
執念深く笑い出す
そうして一直線に駆け出して今度こそ大声で笑うのだ
じじいはここにいる
じじいはここにいるぞ！と
ヒュームは嘘をついたんや
因果律はあるんや
因果律はきっとあるんや！と
唾を飛ばしてわめき散らしながら
大声で
今度こそ
大見得を切って
立派に笑ってみせようぞ

あるいは赤が現れる

私は泳いできたのだよと
海峡を越えて
打ち上げられた浜辺で
かねてからの計画通り
私は女にそう告白してみせた
確かに君の乳首にも赤があるね
赤が君と交じり合ってくすんでいる
ぼくは赤を求めてここまで来たのだから
君には申し訳ないのだけれど
このくすんだ
乳首の色を

赤と言ってしまっては
もともこもないのだろうけれど
昼間の小待宵草の赤茶けた紅色は
生々しさといい
形といい
おそらくは乳首の
あるいは経産婦の乳首といってもいいのだろうから
そのくすみが赤にほどよく浸潤し
くすみで汚染されているからこそ
僕達はそれに欲情できるのだということも
確かにもっともな言い分だとは思うのだ

そもそも
僕は泳いできたのか
それとも打ち上げられたのかを

そもそも君は僕に答えをくれるのか
あるいは僕のことを愛してくれるのか
それとも僕は君を追い回した挙句
刺し殺すべきなのか
もしも刺し殺さねばならないのならば
僕の故郷の玉鋼でできた柳刃包丁で
なぜならそれはきっと
呼吸のように
すっと何気なく君の体に入り込み
その時君は
驚いたように振り向いて
痛いというよりは
それがなんという名前の感覚なのかを名付けることもできないままに
血はそこでは確かに立ったまま眠っているのだから
流れ出る直前

僕のこころとその感覚が
アマルガムを起こすまでのほんのわずかな隙間において
あるいはその時に
その時だけに
ようやく赤が現れる

私は本当は右の乳首から機械になりたかったんだって

歯間ブラシをごしごししていたらね
左の乳首から一筋の血が
ちょっと毛羽だった感じでね
流れ出したのよ
きざかなって思ったけど
ああ私は
本当は右の乳首から機械になりたかったんだって
少しだけその時に後悔した
あれは八月のとある暑い日のことでした
玉音放送を聞きながら
溶け出して

汁が滴り落ちるガリガリ君を放心したように食べる私に
あなたは確かにそう言った
嘘とは言わせない！
嘘とは言わせないわよ！
そうだったでしょ！
私の体がそうして機械になってしまったこと
あるいはなっていったこと
それともなりつつあること
なるかもしれないこと
そのこと自体を責めているわけではないのです
それは私も不承不承
認めていなかったといえば嘘になるし
むしろ強いていうならば
どこかで私は喜んで身を任せた
でも

たったったったっ　と
ラップを踏みながらあなたは言った
あれはどう考えても
そういうことだと受け取られても
あなたは言い訳できないし
あなたに言い訳する権利はない
それにたとえあなたが言い訳したとしても
ともかく左の乳房がじんじんする
今は
ここで
腰もじんじん
お腹もじんじん
エッチな感じ
病気な感じ
機械の歯車のように

肉の隙間から

搾乳をしておかないと
感染する可能性があります
でも心配しないでください
痛いけれども
それは細菌感染です
乳首から膿は出るけれど
抗生物質が効くはずです
マスクをとる
キスをする
感染する
感染しない
でも大丈夫
膿が出ているということは
それは細菌感染です

蟬が
Crazy!
夏！
夏！

さあもう行くわよ
口を拭いてちょうだいね
ガリガリ君のネバネバがまだついているでしょ
だからあなたと手をつなぐのはいやなのよ！

蟻を爪に描《か》けてその爪を噛めるから

実をいうと
メールを開けるのが怖いの
好きって書いて送ったから
多分好きじゃないって返事が来る
多分友達でいましょうって
私はそれが怖いわけじゃない
なにせ
はじめから半分諦めかけて
（生卵が割れる音？）
メールは来ない
来なくていいんだけど

私の気持ちはもう言葉に奪われる
奪われている
奪われた
奪われるでしょう
乳母ワッフルという名前の東京のお菓子を昨夜は爪のように噛んだ
私はこれでもネイリストの端くれ
だから爪にはいつもダリみたいな蟻を描く
蟻が一匹
蟻が二匹
私の蟻は生きているような見事な手際で
少しずつだけど
爪の際からぼんやりと腕の方へ向けて行列するの
私はそのゆっくりの
動かないように見えて動いている行列を見るのが好きでした
肉に染み込む音

誰かが首を絞められているような
くぐもった低めの音は？
（生卵が割れる？）
蟻はどこに行くのかしら
ダリの蟻は時計に群がる
足の爪にも蟻を描きたい
体の隅々まで描きたい
メールが来ないのは知っている
来ないで欲しいとも思う
できればなかったことにして欲しいです
でも私は神様がもう一度クリックの前に帰してくれたとしても
何度でもまたクリックするでしょう
できれば無かったことにして欲しいのはやまやま
メールを開けるのはどうしても嫌だから
好きだと書きはしたけれど

本当にあなたを好きなのかどうかすらわからない
今はとりあえず
胸もはだけて
だらしのないかっこうをして朝ごはんを食べる
（生卵が割れる音？）
不安だから
爪に蟻も描く
でも蟻が爪に描けて
その爪を噛めるのだから
私はそれでも幸せだともいえるのでしょう

あんずの木には恐ろしい毛虫がいたのだそうです

昔々のことなのだけれど
あんずの木には
恐ろしい毛虫がいたのだそうです
私は聞いただけなので見たわけではないのだけれど
その毛虫が夢の中で
身の毛もよだつような数珠つなぎに出てくるものだから
実をいえば情けないけど怖くて怖くて
助けて！
助けてお母さんと私は叫ぶ
その日のことです

生理っていやねと私たちは顔を見合わせて笑っていた
友達のしるしだねって私は思った
あなたの右の乳首と
私の左の乳首をタコ糸で結んで
できればあまおうモンブランのように
ぐるぐるまきにしようねって私たちは約束した
苺色に何もかも塗ってしまいたいという残酷な衝動が抑えきれない
だから友達なのだから
まずはあなたの「チチ」から始めようと心の中ではまなじりをけっす

細かいことを言うようだけどね
礼儀としてというか
心得として口紅は塗ってください
それもできれば口よりも大きめに
できればずっと大きめに

「チチ」にかかるくらい大きめに
お尻まで到達するのはちょっと行きすぎですが
その手前までだったらＯＫです

冷房もかけずにいるの？
災害的暑さって何？
死ぬよ
ともかくあまおうってどこの産品？
私は練乳かき氷がすごいと思う
義父の葬儀だそうです
それはそれは高級品だと
巣鴨神社のように
おじいさんや
おばあさんがわらわらと集まる

ついにその日が来たのだ
口紅を塗って決行する
ああ昔々いたという
コンビニ前にたむろしていた
ガングロ女子高生に
討ち入る前に一礼したい
小雪がちらつく日のことでした
彼女たちは地べたに素足であぐらに座り
狙撃兵のように微動だにせず
中空を睨んでいた
どうか
君達の唇にこそ真一文字に
あまおう色の口紅を

（注：この詩のサイトマップ

あまおうのかき氷……藤が丘
おじいさん・おばあさんが市をなす……覚王山
インディアンのようにりりしい女子高生……高畑
毛虫のいるあんずの木……自宅）

近場にいる生きものといえば

「近場にいる生きものといえばその鳥である」というのは
とある国語学者が最後に残した言葉だというのは誰でも知っている
夥しい弟子たちと
弟子でない人たちと
こころを持て余した人たちが
ただ浅黄色のマスクを着けているという共通点だけを支えに参集し
月が燦々と輝く夜
その問いを検証するための
クルーセードに出た

まずは馬をひけ！

号令がかかった
クルーセードに馬はつきものであると王はいう
しかし馬はもはやそれ自体が生きものなのではないのか
それよりは肩車の方がよくないか
あるいは騎馬戦の騎馬でもよいだろう
しかしそうすると生きものの部分である人間が問題になろう
しかしそうだとするとこの暑さでは
汗が
夥しい汗がと
喧々諤々の議論が御前で巻き起こり
人々は浅黄色のマスクをいつの間にか脱ぎ捨てて
ついには殴り合い
そして殴り合いながら抱き合って涙し乾杯し
夜も更ける

眠りこける人々は大事なことを忘れてしまっている
「その鳥」は確かにいるはずなのだ
そしてそれだけが近場にいる生きものなのだ
つまりは生きるためには
私たちは「その鳥」を探さねばならないのに
この人たちは
浅黄色のマスクも脱ぎ捨て
もうそのことを忘れて眠りこけている

「その鳥」の声を確かに私は聞いた
遠い昔
あまりにも記憶は色あせて
空耳と本当の鳴き声の区別もつかなくなってしまうほど昔
それは「カー」に似た音だったようにも思うのだが
そう言われてしまうと人的な声であったような気もするし

しかし何十年もの
その上に降り積もった記憶の堆積物を
特性のピンセットを使っても
より分けることはもうできそうもない
つまりは
生きるためには
純粋なその鳴き声をせめて掘り起こさなければならないのだというのに

伝令が来る
手遅れであったと御触れが回る
「あの鳥」は死んだ
近場の生きものは死滅した
つまりは生きるということがどのようなことなのか
「あの鳥」が死んだ以上はもう誰にも分からない
これからは機械として生きるとはいっても

機械が生きるということがどんなことなのかも
「あの鳥」が死んだ以上もうモデルはないのだから分からないではないか

暑い
浅黄色のマスクをまだはずさずに
ゼーゼーいいながら
私は坂道を
道端で拾ってきた有象無象をリアカーに積み増しながら
呻吟して登る
「熱中症には気を付けましょう」と
風ではためく何年か前の公共広告機構の色あせたのぼり
それを一瞥して憎々しげにフフンっと鼻をならし
「あの鳥」が死んだ以上は
国語学者の遺言は手遅れになった
坂を登り切るまでに

私も何も見つけることができずに息絶えるのだろう
鳥も死に
この暑さなのだから
せめて末期にパイン味のガリガリ君くらいは食べさせてもらいたいものだと思うのだ

昨日スタバで二人の女子高生が

そういえば昨日スタバで二人の女子高生が
シャムの双生児のようにぴったりとくっついて座っていた
そのうちの一人の二の腕に
まずは第一段階で私の視線はくぎ付けになる
第二段階で人目をはばかって暴力的にそこから視線を外し
第三段階でキャラメルマキアートを注文してから
第四段階で振り向いてもう一度今度はそれを盗み見る
盗み見ることこそが仕上がるためには重要な工程です
だから
もしもそこに天井裏があるのであれば
それこそそれは目だけがぬめぬめと生きている何かそういった生きものになる

ための特別な入り口

君に伝えておこう
干しブドウのように乾いて捕食可能となった何かの幼虫を栄養分としてでも
まずは潜むことだ
そうして何日でも潜み
ただ目だけをぬるぬるさせて潜む
第一そうなれば眼鏡をかけても君の目はもうそれだけしか見えなくなっていく
だろう
そうして十分に熟成し
だからもう目は他の何にも役立たなくなり
ただ天井裏に空いている小さな穴から
そこで営まれているはずの情事を見逃さないことだけへと向けて退縮していく
べきなのです
ああ、そうなればようやく

犬とか猫とか玉手箱とか

すずめがきているわ
かわいいわよ
ほらほら早く
庭にすずめがいる
早く来ないと逃げてしまうわよ
ああ
いやいや
でも鳩もいた
鳩は嫌い
鳩は昔から嫌いなの
あの子も鳩を見て子供の時に泣いていた

「犬とか猫とか玉手箱とか」
G線上のアリアのように
リズムを打って
ざわつく音の連なりが
波紋のように
「犬とか猫とか玉手箱とか」
しゃがんで眺めると
小さな穴から小さな蟹
無数の蟹
わさわさと蟹の大群があふれてくるあふれてくるあふれてくるあふれてくるあふれてく

アリスのうさぎが手招きする

扉が開《あ》いているからね
だからだと
寒いのもそうだけれど
アリスのうさぎが手招きする
向こうにいけば私は眠り
こちらに戻れば目覚めるのだけれど
入り口で
アールグレイを一杯いただき
引き返すことができるかどうかだ
咳をまたする
すやすやと

アリスならば眠るのだろうが
美しく着飾った
クリスマス用のケーキの兵隊
扉が開《あ》いている
引き戸の扉
かすかな灯り
遠くに聞こえるのは
たぶん私の咳の音
引き返せばまだこちら
向こうに行けば私は眠り
アリス！
アリス！
外は寒いからコートを着ておいで
分厚い脂肪で覆われた北極熊のようなコートがいいね
君にこないだ買ってあげた蝶の刺繍のついたやつさ

クリスマスのようなコートを着たら
そこだけは僕のために
クルッと舞踏会のように回ってみて欲しい
ああ
マッチ一本擦る間のような

ちょっと油断しただけなのに

ちょっと油断しただけなのに
クレームブリュレの上に
もう君の乳房は溶けかけている
その時僕は
きっと
麻酔から覚めた直後の患者のように
体の隅々まで性感帯になっていて
意識のない人の特権として
ようやくそれに触れることができるのだ
美しい夕日
白磁と青磁

青い血管が薔薇のように膨らんだ乳房には何本か透けている
でもこれはしょせん夢じゃあないんだから
にぎにぎしたら捕まっちゃうよ

君はそういうけどね

君はそういうけどね
悪夢というのはね
胸の上に手を組んで寝ただけで見るような
何かとても
フィジカルな
ありふれたものでもあるのです
そうは言ってもね
さっきのあれはね
何かの巣で起こった出来事だった
蜘蛛の巣のような何かの上に
オレンジ色に近い

楕円形のふわふわした卵のような何かがあった
そこから虫が孵りかけている
しかしそこには別の種類の何かがいて
孵りかけた虫に交ざってそれを食べているのか
それともそれの中から這い出てきたのか
暗い貧しい下宿
同じ夢を見た
あの時には僕はそれを正視することができずにいて
夢の途中で大声で叫び出し
夢はいつもそこで途切れていた
年老いた僕はなぜか今はそれを声も上げずに終わりまで見届ける
でもそれなのに
夢のデテイルはそれでも記憶からいつも失われ
たとえばイシカワという言葉の端がかろうじて流れ損ねて残ってはいるが
そこから何をどう手繰れば良いのかは皆目分からない

それとも室生犀星の故郷に行くべきか
胸を病むような暗い貧しい下宿
夜中に突然
警察が検問に来るような
でもあっという間に終わりはしたけれど
そこで僕はそっと浅黒い女を抱いたこともある
僕にはきっと何も分からない
いつまでも何も分からない
神様
どこに向けて
きっと死んだ女に向けて

ねえ、マーマレードを塗ってちょうだい

ねえ
マーマレードを塗ってちょうだい
オレンジピールの歯ごたえがあるやつよ
あなたまたピールなしのを買ってきて
だめね
苦みがあるのがおいしいって言ったでしょ

巷に雨が降るように
僕の心にも雨が降る

たまごはきっと部屋のどこかで腐っているわ

たまごは
きっと部屋のどこかでまた腐っているわ
だって買ったもの
買ったことは確かだものと妻は言う
去年無残に切り落とされた杏の花が
それでも見事に咲き始めた日曜日
僕は腐る手前の食材をコンポストに入れて
黙ってそれをかき混ぜながら
妻の言葉を遠くで聞いている
そうだとも
たまごはきっと部屋のどこかで腐っている

僕たちの人生は
それが決定的にだめになるまでの
そんなつかの間のものなのだから
捜しても買ってきたはずのたまごは見つからないに決まっているし
きっとそれは見つかった時には手遅れなのだろうし
僕は君のことも娘のこともいとおしいと思わないわけではなく
父が病床で
泣いている母に向けて
もうお前を助けてやることはできないからと
もう何ひとつ他のことは分かっていないのに
それだけは呟いたことに涙しないわけでもない
それでも無残に大部分が切り落とされた杏の花を今は美しいとしか思えない
たまごはきっともう部屋のどこかで腐っているに違いないとも思うのに
もう遅い
もう手遅れだとも思うのに

水が漏れているのよね

水が漏れているのよね
音がしている
でも遠くで
遠雷のように
羽音のようにわずかに神経に触るすれすれに
眠れないの？
でももう寝ているの？
たたかうんですか？
たカカウんですか？
そんな理不尽な仕打ちを見逃す手はないでしょう？
教授と

上目遣いに事務方の人が囁いている
ああ罠だなと僕は直感して
そうだね
もちろんそうだよととりあえずは相槌を打って
ごめんなさい
手遅れなんだ
いずれにしても
怖い
怖いのよ
ノックの音が聞こえた？
誰かが来る！
叩かれるの？
叩かれないの？
寝ているの？
寝てはいない

息が詰まる
だからそれとももう死ぬのと言っているの？

卯の花くたしと書いてみたい

父も死に
女も死に
友も死に
雨が細かく降り続いているので
しめじを中華鍋で炒めている
歳時記にある美しい言葉
卯の花くたしと
できれば一茶のようなするするとした筆跡で
あなたへの葉書に書いてみたいとは思うのだ

梨のパンナコッタというお菓子を

梨のパンナコッタというお菓子を
昼食にしました
雨ですからね
雨です
雨ですから
秋の長雨
カプチーノに唇をつける
僕にはもちろん君の口紅の銘柄までは分かりませんが

小さな野菜畑を作ってみたら

小さな野菜畑を作ってみたら
野良猫のことが嫌いになりました
あの人たち
夜中にこっそりきては
うんこしていくんだもの
その臭いがね
だから
とげとげのある金柑の枝を
種をまいた畑一面に敷き詰めたのに
でもやっぱりだめ
もう体のように

どうしようもないのかな

とある雨模様の寒い日に

とある雨模様の
寒い日に
私であろう肉の塊が
外へとそろそろと這い出そうとしていました
外とはいってもそれは
部屋の中と地続きのようにうすら寒くて
うす暗く
雨が降ってもいた
まるで世界の終わりででもあるかのように
昔々
寝物語に触った

とある女の腹部にあった切創のことを
なぜか脈絡もなく思い出し
縁側と部屋の仕切りの上
あるいは手前
あるいはもうとっくに
雨が降っている
そしてむせる
胃の内容物がスローモーションのように逆流し
私のような肉の塊はすでに
超高速で早回しをしない限りは動いていることも分からないほどゆっくりと
でも雨は降っている
まるで世界の終わりででもあるかのように

今年は金木犀の匂いがしないわと

今年は金木犀の匂いがしないわと
妻が言う
私は金木犀の匂いが好きなのにと

顔を洗う
歯磨きをする
皿を洗って
新聞を広げる

最初ここに来た時には薪割を楽しんでいた父は
次に来た時にはもうそれができず

今はもう死んで久しい

僕と妻はどちらが先に一面を読むのか
毎朝小さな諍いをしながら
デッキで朝食を食べる
デッキの前に立てかけた網に
蔓を這わす小さなゴーヤの実を
ベーコンと一緒に焼いて今日は食べよう

もう寒くなる
もう冬になる
もう近い

通勤途中203

象のように
ゆったりと動く
奇妙な緑のものが
冬の明るい陽射しの中で
通勤途中の畑の真ん中に屈みこんでいた

農夫というには
手足の数が多過ぎるように思えるし
しかし昆虫というにはあまりにも巨大で
ただいえるのは緑色であったこと
そしてそれには光沢があり

それは間違いなく生きたものに特有の
あの奇妙にゆったりとした動きをしていて
しかも怖ろしいといえば怖ろしいはずなのだけれど
なつかしいといえばなつかしい

夢の中ではないというのに
夢に特有の
目覚めた後に尾を引いて
叫び出すほど怖いのに
そこへと引き返したいとも思うような
多分性的なノスタルジー
通勤途中の途をはずれて
畑の中へと迷い込めば
僕はもう元の途へとは帰ってこれないだろうという
見知らぬ女への口づけにも似た不安な確信

私は細々《こまごま》と暮らしているだけでいいの

べつに私は細々と暮らしているだけなのだから
私のことは放っておいてくれればいいのよ
うちのうさぎの「うさ」がそうだったみたいに
春になればちょっとたんぽぽを
できれば茎の甘味のあるところを
できたら西洋たんぽぽではなくて
ガクが反り返っていない柔らかで
嫋やかなたんぽぽを
それくらいでいいのよ
私はただここで細々と暮らしているだけでいいのだから

横たわってみる月は

横たわってみる月は
平べったい韓国の餅のように
たちまち瞼の間に溶け出して
夜の空に黄色く滲んでいる
漏れ出すのはきっとこころなのだろうから
渇く人たちのように
僕は書かねばと
それが僕の生きることなのだろうからと
起き上がる
今日はもうどろどろに疲れているのだから
どろどろの寝床から見上げると

月は煌々
そしてスマホには君が送ってきた満開の桜

きりきりときりもみのような

きりきりきりと
きりもみのような
金切り声を上げて
夜は暗く
なんと寒いのだろう
あの
生肉の塊のような
スーチンという画家の絵が好きなのだと
残響のように精神科医の声が響く
締め付けるような尿意で寝てもいられない
寒いのだ

私は
まるで裸体だった
石を謳いたかった思春期の頃のように
結局
何年経ったところで
私は貧しい裸体のままだ
赤茶けた
貧相な
金切り声を上げて
眠れなければしかし肉の軋みを謳えばいいではないか
きりきりきりと
きりもみのように
墜落する
寒い
謳うのが先か

排尿が先か
何処にも私は行けない
行けなかった
行ってはいない
私はずっとここにいて
単なる肉で
何一つ学ばず
赤茶けた貧相な

せ、せ、せくせか

せ、せ、せくせか
何といって始めて良いものか
不安の中で世界は突然割れだすのだ
こおろぎを食べないともうもたないのだと
君達が読まない今朝の新聞にはそう書いてあった

今朝は快晴にして晴天

何か太宰のような
とめどもない女々しい気分になって
僕は一日何通ものメールを君に書いている
ごめんなさい
やめれないんです
気持ちの悪いものが流れ込み
もうそれはかなり前から僕の一部になっていて
僕は小さな心を持て余して
女々しく
血を流すように
君にメールを書くしかない

そして
心を逆なでするかのような
今朝は快晴にして晴天
かたきを殺すか
それとも君にメールをまた送ろうか

そこに砂を噛む生き物がいたとしても

朝起きた僕は
お腹の中に
砂を噛むような生き物がいるのに気づきました
もちろん便の三分の一は体が剝がれ落ちたものからできているのだから
そこに
砂を噛む生き物がいたとしても何の不思議があるだろう
それは
肛門から
あるいは口腔から
植物的な速度でゆっくりと外へと広がって

大きく大きく大きくなーれ
大きくなって

愛しのラブラドール

怖ろしいかぜが吹いている旅路の夜に
目が覚めると
君から
もう亡くなった愛しいラブラドールが
眠っている君の母の枕もとで眠っていると
知らせが来ている
もうきっと大丈夫ですよ
ただアモバン飲んで眠ると
朝も口は苦いけどね
わずかばかりのアドバイスを申し訳程度に
君の思わぬハグに

反射的に手を回したら
かすかに汗が手に触れたことがある
つまりそれは未完了体で
意味になるのを待ってはいるが
意味にはならずに未完了体のままであるべきことがら
怖ろしいかぜが吹いていて
死にたい
死にたいから君をハグしたい

怠惰な背中をした君のことを考えている

また
カフェラテを飲んで
ミモレットに杏ジャムをつけてほおばりながら
僕はぼんやりと
怠惰な背中をした
君のことを考えている
君の背中は
奇妙にのびやかで
海辺の生き物のようだねと
僕は囁くように声をかける
僕が想像しているのは

あの
ほら
妙に長い背中をして横たわる女《ひと》の
あの絵だよ
確かあの女は裸だったけど
僕の頭の中にある海辺の君は裸なのかどうか
ゆっくりとその曲線に沿って指を伝わして
それは動物なのだからきっと裸体には違いない
そうしたら
夢を見るのだろう
指で摘まんだり掴んだりするのはもちろんだめだ
ただゆっくりと
触れるか触れないかの微妙さで輪郭をなぞり
海辺の波の音のように
起きているでもなく

寝ているでもないような
艶めかしい曲線をした
海辺の生き物のリズムにあわせるために
ただそのためにだけに曲線をなぞるのは許されている
もちろんそれは知っています
そのきまりは
でもそうはいっても
僕は少しだけ
規則を破り
分からないように
指先に
あるかないかのエロスを忍び込ませてはいる

小さな悔恨が延々と心の中で反響するのは

小さな悔恨が延々と心の中で反響するのは
年をとったせいだからだと
北から来た友人が昨夜飲み会で教えてくれた
アベシンゾーを好きな人たちとでも
もうしばらくは生きていかなくてはならない
若い人たちにとって
むしろ彼こそが父となったのだという
君は別に僕の詩を読んだわけではないし
もちろんことさらそれを批判したわけでもない
僕の詩を読み返したのは僕であって
ああ

貧相だなと
それはいつのまにか
ああ
もう先へ行くのも
いずれにしても
君の目から自分をみてしまうと
知っている
もともとそれはそんなものだったのだし
繰り返し
僕は
貧相な
むき出しになれば貧相でしかない裸体の自分のことを
つまり
風船の穴の開いたやつを
言葉とは裏腹に

そこに何か
ああ
机の上には昨日切った爪のかけらがあるだけだ
言うまでもなく
それがもしかしたら詩でありうるとしても
詩でありうるのは一瞬だけで
今はもうどこにも
果たして本当に
僕は君と旅に行きたいのだろうか
やはり過ちだったのだ
僕は打ちひしがれている
嗚呼
アベシンゾーを父とする人たちと一緒には
僕は生きていけないと
そう思う

そう思うけれどまだ生きていかなければならないし
生きていたいし
生きていたいとあがきもするのだ

ぬかるみのような恋バナをしてみたい

昨日唐突に思いついたのは
おっさん同士で
ぬかるみのような恋バナをしてみたいということ
隠し玉はもちろんある
二十歳の女子とは違うのだから
どろどろとしたのも
でもどろどろとしていないのも
太宰に恋した切ない理容師の話
傘をさしかけてくれた
やはり切なく美しい女性が先日僕とは何の関係もなく死んだこと

コンポストに湧く水アブの幼虫を
ピンセットで摘まんで外に出そうとしても切りがないけれど
好きになれれば君もこっち側の人間だよと冊子には書いてある
でも恋せよおとめと言ってはみても
命は短いがおとめではないし
水アブの幼虫は動きは鈍くて飛び跳ねはしないから
まあいいとはいってもね

聞いたところでは
収穫されないと
ぬかるみのように果実は地に落ちて
その腐敗する甘い匂いを求めて虫たちが集まるという
そうしてその虫たちを食べに鳥たちが集まり
鳥たちは夥しい糞をして
時々あまりのことに果樹の何本かを

乱暴に伐採してみても
伐採したその切り株の根元から
いつのまにかひこばえが生じ
いつのまにか再び実って腐敗した果実のぬかるみの腐界

いうまでもなく
美しいのは太宰ではなくて山﨑嬢の方だったに決まっている
こつこつと堅実に稼いだ髪結いの
命のようなお金をポケットに忍ばせて
それこそそれを蕩尽し
極上の蟹を食べ
極上の肉も食べ
極上の宿に泊まって
それが尽きればそこで死ぬ

ああ
結局それは女の物語
女の恋バナ
女の詩と真実と死

蟹みたいに口から泡を吹いてみる

小さな蟹のように
ハンモックでゆらゆらと揺れながら
ぶくぶくと口から泡を吹いてみる
通の人しか知らないでしょうけれど
雌の蟹と雄の蟹では泡の出し方が違うのですよ
僕もかわゆく泡をぶくぶく
やだやだ
それじゃあきたないだけ
できるだけ細かに出すんだよ
そうしても
死んでいるのか生きているのか分かるはずはないのだけどね

兼本　浩祐（かねもと　こうすけ）

1957年に島根県仁多郡で生まれる
1986～1988年にかけてベルリン自由大学で外人助手として勤務。精神科医。現在、愛知県在住

著書
『青い部屋での物語』（1977年）
『深海魚のように心気症を病みたい』（1997年）
『世界はもう終わるときが来たというので』（2008年）
『深海魚のように心気症を病みたい（1997年復刻版）』（2014年）
『ママちゃりで僕はウルムチに』（2015年）
『なぜ私は一続きの私であるのか ── ベルクソン・ドゥルーズ・精神病理』（2018年）
『てんかん学ハンドブック（第４版）』（2018年）
『発達障害の内側から見た世界 ─ 名指すことと分かること』（2020年）
『象の耳を埋めることができるわけではないのだけれども』（2020年）
『普通という異常 ── 健常発達という病』（2023年）

ぬかるみのような恋バナをしてみたい

2023年4月28日　初版第1刷発行
著　　者　兼本浩祐
発 行 者　中田典昭
発 行 所　東京図書出版
発行発売　株式会社 リフレ出版
〒112-0001　東京都文京区白山 5-4-1-2F
電話 (03)6772-7906　FAX 0120-41-8080
印　　刷　株式会社 ブレイン

ISBN978-4-86641-631-1 C0092
Printed in Japan 2023